月光下的采石河

王华 著

天津出版传媒集团
百花文艺出版社

图书在版编目（CIP）数据

月光下的采石河 / 王华著 . -- 天津 : 百花文艺出版社 , 2024.2

ISBN 978-7-5306-8775-8

Ⅰ . ①月… Ⅱ . ①王… Ⅲ . ①诗集 - 中国 - 当代
Ⅳ . ① I227

中国国家版本馆 CIP 数据核字 (2024) 第 037318 号

月光下的采石河
YUEGUANG XIA DE CAISHIHE
王华 著

出 版 人： 薛印胜
责任编辑： 郑 爽
装帧设计： 悟阅文化
出版发行： 百花文艺出版社
地址： 天津市和平区西康路 35 号 **邮编：** 300051
电话传真： +86-22-23332651（发行部）
+86-22-23332656（总编室）
+86-22-23332478（邮购部）
网址： http://www.baihuawenyi.com
印刷： 三河市华东印刷有限公司
开本： 880 毫米 ×1230 毫米 1/32
字数： 125 千字
印张： 6
版次： 2024 年 2 月第 1 版
印次： 2024 年 2 月第 1 次印刷
定价： 65.00 元

如有印装质量问题，请与三河市华东印刷有限公司联系调换
地址：河北省三河市燕郊冶金路口南马起乏村西
电话：13933936006
邮编：065201

故乡一片月（自序）

我是从小就在采石河边长大的。

作为长江下游安徽省马鞍山市境内最大的一条支流，这条河流的上游就在我的家乡——董耳山的东坳里。那里是无垠的田畴、连片的水塘和纵横的沟渠。每年开春，从董耳山东麓融化的雪水和充沛的雨水，共同滋润着东坳里的每一片植被，说是水草丰美、苍翠欲滴，那是一点儿也不为过的。

那时候，采石河河道较宽，河水清澈。从长江洄游过来的鱼类在这里产卵。江蟹、鲫鱼、草鱼之类的有很多。村里的一位瘸腿的老裁缝，每天傍晚都会提着一盏马灯，垫着几捆稻草，静静地守在那里。半夜里，只要江蟹感知到岸边的亮光，就会鱼贯上岸，顺手就被老裁缝装进事先准备好的竹篓里。

儿时就已记得，采石河流域共有三座石拱桥，上游的石拱桥被周围百姓们称作“和尚桥”。大小三个孔洞，全是由青石板垒砌。桥面的青石则有不同的颜色和花纹，青色、白色、红色、黑色，纹理各不相同，但都是经过石匠的精心凿刻和匠心雕琢。桥面、桥身的片石之间严丝合缝，都是用糯米、黏土混合而成，历经一百多年风雨，石拱桥依然十分坚固。村里的老人说，原先，和尚桥上有护栏、石狮等装饰物，桥的两岸也是十分的繁华。商家、诊所、住户一应俱全，就连当年的乡政府也设在此地。桥上的行人熙熙攘攘，桥下的流水潺潺西去。常常有长江上的船队、渔民来此歇脚，顺便来到镇上置办些米油酱醋等生活用品。

一九四九年后，长江流域发生了洪水，从长江倒流而来的汹涌浪潮冲进采石河，几乎席卷了小镇人家所有的房屋、店铺，就连石拱桥上的护栏、石雕也未能幸免。洪水退去，小镇再也恢复不了当年的繁华。人们纷纷离开家园，另择他乡而居。只剩下一座许家祠堂和一座孤零零的石拱桥。

从清末初建，到太平天国、民国战乱、抗战时期，再到中华人民共和国成立，每段历史都曾在故乡的这座拱桥上留下过深深的印记，石拱桥就如同一位沧桑老人，向流水诉说着昔日的繁华和曾经的过往。

河道依旧，流水淙淙。

唯一遗憾的是，那座与我的童年形影不离的石拱桥早已不复存在。后来，在外读书、教书，在政府机关任职，一路颠簸又鬼使神差般回到采石河流域内的一座特大型黑金属矿山，命运仿佛和我开了一个大大的玩笑。矿山距离我的故乡咫尺之遥，只不过回到原点，人生已过半程。

只有半程的人生，没有半程的月亮。

每每回到采石河，看到月光洒落在静静的两岸，我的心里就会涌起莫名的感动。我写采石河，写自己的故乡，写流域内大工业磅礴的气势和新型工业化成果的恢宏乐章，都是因为离不开这片生我养我的土地：从一首琵琶曲里翻山越岭八千里／从一条大江孤舟远行八千里／从一声呼唤中风雨兼程八千里／从一本线装的长卷里长歌当哭八千里 / 从相见恨晚的前生　到红尘滚滚的今世 / 我怎么也离不开　却怎么也靠不近的 / 月亮啊……

我写父亲："被你扛回来的一大堆柴火 / 就堆在土墙的屋檐下 / 它们肋骨般整齐地排列着 / 敦厚的木头、倔强的木头、潮湿的木头 / 总是让灶台边的祖母 / 呛出了眼泪 / 如今　隔着一层黄土 / 你踏踏实实地进入了梦乡 / 眼前　是一蓬蓬茂密的青草 / 可我为什么觉得　那些青了又黄 / 黄了又青的坟头草 / 是你亲手背回的　一堆堆柴火"。

我写母亲："惊蛰过后 / 我的母亲开始育秧 / 她把一筐珍藏了一年的稻种 / 在河边洗了又洗 / 就像洗她年轻时嫁给父亲的 / 一件新衣裳 /……/ 阳光、水、土壤、清新的空气 / 所有这些生活的元素 / 被母亲勤劳的双手调和到一起 / 一畦畦秧苗茁壮成长 / 葱葱绿绿的春天 / 怎么看　都像是母亲身边的摇篮"。

我写故乡土地上的巴根草："这种最接地气的草本植物 / 在我的老家随处可见 / 儿时放牧　踩上它就不会硌脚 / 当作地铺　天上的白云就成了我的羊群 / 野地里　叫一声它的乳名 / 巴根草又会长出一截 / 儿时　父亲带我铲满一车草皮 / 匮乏的年月　在乡下 / 它们与牛粪一样　成为灶膛最好的燃料 / 炊烟袅袅　生命接续成巴根草的样子 / 取之于贫瘠　用之于贫穷 / 巴根草　是老家土地上缀满的补丁 / 我知道有一种低总是低于尘埃 / 我知道泥巴地里　有一种草的名字 / 永远为土地屈膝"。

诗歌源于生活，又为现代生活所观照。数十年间，随着当地政府大力推动经济社会发展绿色转型，采石河流域以及我的故乡发生了翻天覆地的变化，那里的一草一木都在与新时代共呼吸、同震荡，用不同的生命直觉和理性思考与自然万物相融会，让诗歌的美学特征更加丰厚而新颖，这些都是我孜孜以求并且努力尝试的。

在有月光的晚上，不妨仔细想想：艾青有他的大堰河，鲁迅有他的鲁镇，沈从文有他的湘西，汪曾祺有他的高邮，福克纳和马尔克斯有约克纳帕塔法、苏克雷。从寻根、植根，再到扎根，大量生动的故事、鲜活的语言和深刻的思想蕴藏其中，中外名家如此，我这样的“巴根草”更是如此。

“露从今夜白，月是故乡明”。现在读来，才有一种抵达了的释怀。

其实，穿过村庄的这条河流，一直都流在我的生命里。无论何时何地，我都是这条河流的鱼儿，永远游不出故乡的情结。桃花开，梨花白，春草生，秋叶落，一年又一年，到了最后，连最亲的亲人也会离开我们。

但更多的时候，守住一条河流，就是守住我们的精神原乡，守住我们的文化和血脉，守住我们时而坚强、时而脆弱的痛。

作　者

二〇二四年一月于马鞍山市

目录 CONTENTS

/ 第一辑　梦里老家 /

芦苇 …… 2
巴根草 …… 3
育秧的母亲 …… 4
清明 …… 6
春天来了 …… 7
桃花雪 …… 9
红杜鹃 …… 10
姑孰民歌 …… 12
撒网 …… 13

拜谒李白墓 …… 14
乡村戏台 …… 16
民歌里的当涂 …… 17
去桃花节看桃花 …… 19
石拱桥 …… 20
乡村候鸟 …… 21
种粮大户 …… 23
乡村打铁匠 …… 24
山楂树 …… 25
牧羊人 …… 27
素颜 …… 28
一棵老树 …… 29
缅怀 …… 30
和一朵菊花对话 …… 32
老屋 …… 33
月亮之上 …… 35
草垛 …… 36
如果可以 …… 37

印象老家 …… 38
父亲的载重自行车 …… 39
大雪 …… 40
在那时 …… 41
重回采石河 …… 43
找回 …… 44
回不去的故乡 …… 45
棉地里的母亲 …… 46
惊蛰 …… 47

/ 第二辑　青春做伴 /

牵着黑夜的手 …… 50
雏菊 …… 51
挂件 …… 53
手镯 …… 54
不要吵醒一块璞玉 …… 55
蓝水观音 …… 56

遇见 …… 57
青花瓷 …… 58
爱一个人多好 …… 59
桃花开了 …… 60
在雪地里行走 …… 61
雪中梅 …… 63
女儿十岁 …… 64
许愿 …… 66
冰雪之约 …… 67
红围巾 …… 68
梅 …… 70
想起一封信 …… 71
这个冬天我要修房子 …… 73
远在远方的海子 …… 75
黑夜的嘴唇 …… 76
在格尔木遇见一条河流 …… 77
茶卡盐湖 …… 79
套马杆 …… 80

雪 …… 81
咏叹秋天 …… 82

/ 第三辑　高天流云 /

盛夏的玫瑰 …… 92
夏天的秘密 …… 93
临近晌午 …… 94
屋檐下的母亲 …… 95
野地里的向日葵 …… 96
春回故乡 …… 98
在故乡的荷塘听蛙鸣 …… 100
你听 …… 102
茶乡做客 …… 103
乡村即景 …… 104
豆腐坊 …… 105
铁匠铺 …… 107
合作社 …… 108

碾米房……110
爆米花的人……112
穿过石头的雨……114
乳名……115

/ 第四辑　山水诗都 /

月之中秋……118
汨罗江的月亮……120
大地的儿子……122
矿工号子……124
雪落矿山……126
凹山湖诗笺……128
三棵树……131
老电机车……133
去凹山湖听月亮……134

/ 第五辑 钢铁交响 /

向五星红旗行注目礼 …… 138
钢铁的歌唱 …… 141
我带女儿听钢铁 …… 142
祖国，请听一块矿石的朗诵 …… 144
向山之巅 …… 148

第一辑

梦里老家

芦苇

采石河的上游
芦苇在这片滩涂扎下根来
以坚韧的轻　向上拔节
以卑微的沉　深入泥地
它们抱成一团　仿佛汇聚了某种精神

汛期中的采石河急促地呼吸
滩涂上的芦苇腰弯得很低
它们在漩涡里沉沉浮浮　浮浮沉沉
等待洪水退后　等待落日余晖
不会数落那些受伤的岁月
一次次结痂　是为了一次次站立

也有星子满天的夜晚　重回故乡
我喜欢月光笼罩的采石河
蛐蛐儿们躲进芦丛的怀抱
秋日暖暖　河畔有风轻抚苇花
一如抚过我如雪的白发

巴根草

这种最接地气的草本植物
在我的老家随处可见
儿时放牧　踩上它就不会硌脚
当作地铺　天上的白云就成了我的羊群
野地里　叫一声它的乳名
巴根草又会长出一截

儿时　父亲带我铲满一车草皮
匮乏的年月　在乡下
它们与牛粪一样　成为灶膛最好的燃料
炊烟袅袅　生命接续成巴根草的样子
取之于贫瘠　用之于贫穷
巴根草　是老家土地上缀满的补丁

我知道有一种低总是低于尘埃
我知道泥巴地里　有一种草的名字
永远为土地屈膝

育秧的母亲

惊蛰过后
我的母亲开始育秧
她把一筐珍藏了一年的稻种
在河边洗了又洗
就像洗她年轻时嫁给父亲的
一件新衣裳

被母亲亲手洗过的稻种
一粒粒　透出清澈和饱满
暖暖的屋子里　一把稻草
用发黄了的生命
贴近另一些生命
渐渐地　它们有了春天的体温

芽尖露出
母亲的笑容也露出
她用一柄镢头在地里反复劳作
把已经坚硬的土壤翻了又翻
阳光下　土壤开始变得温柔和细腻

那些饱含期盼的种子
被母亲轻轻地播撒到地里
还是热热的草木灰筛了又筛
直至种子被人间的烟火
紧紧包裹

阳光、水、土壤、清新的空气
所有这些生活的元素
被母亲勤劳的双手调和到一起
一畦畦秧苗茁壮成长
葱葱绿绿的春天
怎么看　都像是母亲身边的摇篮

清明

父亲：三十年了
一句弥留之际的呓语
就让你从当兵归来的城市　回到
生你养你的乡村
回到祖母和祖父的身边
重新做回砍柴放牛的　娃

被你扛回来的一大堆柴火
就堆在土墙的屋檐下
它们肋骨般整齐地排列着
敦厚的木头、倔强的木头、潮湿的木头
总是让灶台边的祖母
呛出了眼泪

如今　隔着一层黄土
你踏踏实实地进入了梦乡
眼前　是一蓬蓬茂密的青草
可我为什么觉得　那些青了又黄
黄了又青的坟头草
是你亲手背回的　一堆堆柴火

春天来了

冰雪开始融化
穿碎花布　扎羊角辫子的迎春花
已经置好她的嫁妆
这是一年中最美的节气
燕子归来　河流潺潺
而我乡下的妹妹也在一针一线
偷偷地刺绣　水上的鸳鸯

地上的人们深翻土地
树枝上的鸟儿筑窝树枝
我的农人兄弟
正在田野辛勤地播种
成熟的土地乳汁丰满
他们最爱的女人
把种子喂大　把粮食扛起
并且一生相守　不离不弃

去年出嫁的女子都叫桃花
此刻　她们正三三两两

走在回娘家的路上

春天的颜色

让她们的肌肤如此动人

桃花雪

冬天的女儿　小小的妹妹
你弱小的身躯
拥抱春天

早春的梅花灿然开放
桃花雪　与一截梅枝
惜惜相依
生命的柔骨　晶莹剔透
执着的坚贞　化作春水

冬天的女儿
远离故乡的亲人
日夜兼程　把最初的信念
持久的等待　告诉春天
还有春天的人们

春暖花开　我还能想起
你的样子
飞蛾扑火的瞬间
什么样的爱情　如此感人

红杜鹃

清甜的山歌一背篓
悄悄的情话一背篓
山路十八弯
喝故乡水长大的红杜鹃
没有蝴蝶结　和放牛的妹妹
一块长大的　红杜鹃
换上好看的新衣裳
就要成为　春天的新娘

十八道山梁
蒲公英的花轿吹吹打打
喝足了三碗高粱酒
迎亲的唢呐扭来扭去
把十八村的溪水
也呛乐了　唱一嗓子
“道一声哥哥你快回来——”
春天的心里乐开了花

没有风景的土地
红杜鹃就是一道风景

它漫山遍野地开放

在贫穷的日子

把幸福　贴在故乡的门楣

姑孰民歌

这个古称太平府的地方
总被江南的烟雨　氤氲成宣纸上的故乡
循着春天的姑孰溪
一路问故乡　寻故乡
寻着寻着　李白就把自己留在了大青山

每年的清明
《姑孰十咏》《横江词》和那些
埋藏了千年的唐诗宋词总会发芽
就连在老屋上拔节的瓦松草
也会长成民歌的模样
然后　清冽的河水和池塘的涟漪
把当涂民歌和这一方土地
洗得清亮　字里行间总有桃花香

“桃花红　梨花白　小妹子穿上新衣裳”
每一首姑孰民歌
都是一颗被嗓子浸泡过的稻种
撒在田冲　落进畦地　隐入尘烟
于是　便有了鱼米之乡
和芝麻开花节节高的日子

撒网

在陌上花开的水乡
我古铜色的父亲　只随便张开他的手臂
就能撒好一张圆润有力的网
小船还在水的中央晃荡
一串漂亮的动作
眨眼间就已完成全过程
看得出　渔获在网底很沉
起网出水的那一刻
父亲的身体微微后仰
看不出来的劲道　在水面内敛

“站稳脚　吸住气　悠着甩　匀着收”
我努力把自己当回事儿
并且学着父亲的样子　认真撒网
可每次都一无所获

每一次湿透　我就悟出
撒和网　其实最需要时光的打磨

所以　别急着把自己当回事儿
比如写诗　比如生活

拜谒李白墓

那个写“天门中断楚江开”的人
那个写“公无渡河归去来”的人
那个在联璧台跳江捉月的人
此刻　正在青山下听风

他听牛渚矶的风云际会
他听望夫山的祈愿钟声
他听太白楼的江天风月
他听薛家洼的白鹭声声

前来拜谒的人
只要在他的墓前环绕三圈
敬上一杯酒　就能听到彼此的心跳声

长风几万里　狂风吹我心
一首诗　可以让长江和黄河沸腾
让中国和世界不忘
让故乡和月亮成为诗和远方

在这片美丽而富饶的土地

读一首关于他的诗篇
无论是默读还是朗诵
我们都能找到风的出口与方向
风的热烈和浪漫

乡村戏台

村的中央　九尺垒土
老戏台在戏文里踱着方步
漏风的腔调咿咿呀呀
每一曲唱罢　门前的老槐树就落一片叶子

历朝历代　文武百官
在乡村老戏台粉墨登场
五花八门的戏服　黑白红绿的脸妆
大大小小的角儿喜怒哀乐
正史野史在一座戏台真真假假

任凭戏班唱念做打
关公、岳飞和包拯还是原来的样子
他们在香火缭绕的庙堂或横眉或肃立
让村里村外的人有规有矩

民歌里的当涂

喊一嗓子　穿碎花布的当涂民歌
就会羞答答来到三月的水岸
再喊一嗓子　打赤脚的哥哥会向村口张望
云端飞来几只喜鹊
春风吹动窗花的一角
村口的老榆树吐出了青绿

喊一嗓子　扎羊角辫的当涂民歌
就会走出青砖黛瓦的村口
再喊一嗓子　小黄鸭会游过门前的小河
民歌跟着星星点点的蒲公英一起绽放
一起送饭到田冲
再把绣好的一对鸳鸯　送给哥哥

喊一嗓子　氤氲在卜算子里的当涂民歌
就会湿漉阡陌间的碧玉
再喊一嗓子　就会沁入青莲祠的芭蕉
大青山的茶尖
就会唤来旧时相识的燕子

此时　江南斗笠蓑衣
三两杯淡酒过后　桃花盛开
一部经年的千字文拂去尘埃
一夜间　就已成为山清水秀的
锦绣画卷

（注：青莲祠、大青山均为当涂县李白文化圣地。《卜算子·我住长江头》为李之仪在当涂县所作。《千字文》为南北朝时期周兴嗣在当涂县编著）

去桃花节看桃花

下了盘山公路　再拐几道弯
就到了桃花的娘家

来桃花节的人很多
他们拍照、合影、吃饭　再带走一些土特产
消费完所有的环节　村里的夜晚复归宁静

趁着薄雾　一些桃花洗干净了花瓣
透明的句子　凄美的句子
等着露水的捡拾

那一夜　我彻夜难眠
索性披一件风衣　和枝丫上的月亮
把被风吹落的无法朗读的诗句
重新安放到　一棵棵树上

石拱桥

现在　我怀念故乡的石拱桥
它穿着民国的布衣
泛白的前襟有些灰尘　有些补丁
清瘦的面容　多像一位驼背的老木匠
一边听戏　一边榫卯
一边咳嗽　一边念叨

缝隙中　几处荒草迎风摇摆
花白的胡须颤颤巍巍

在采石河的上游
石拱桥经历过繁华人生
辙印深深深入肋骨
青条石　在旧时光里长满青苔
古老的村庄依旧方方正正

尘埃落尽　翻开《当涂县志》
驼背的石拱桥
甚至没留下一帧彩色的照片
瘦骨嶙峋的清影
总会让我想起做木匠的爷爷

乡村候鸟

乡村的候鸟
在城市的脚手架上　筑窝
脚手架　是自己的一根肋骨
他把自己拆了建　建了拆

一年的时光　就这样被反复打磨
他的脸　在太阳底下
泛出黝黑的光
从脚手架上下来
楼盘已经不认识他

大雪纷纷扬扬地下
我的好兄弟
为了让城市干净些
疼和汗都要背进行囊

隔着一千里
他能闻到炊烟的味道
小黑狗兴奋地追逐一羽鸡毛
它在雪地上撒着欢儿

而他结发的妻子　已靠在老屋的门口
她穿一件红色的衣衫
等他回来

种粮大户

八月　江南的稻穗开始灌浆
阳光邀约了河流　邀约了蛙声
这清脆的原色　经过种粮大户的精心调制
一把汗水就能染成
一年中最豪放的金黄

他喜欢打着赤脚走在田埂
这是多年来怎么也改变不了的习惯
种了一辈子的田
没想到老了老了还成了一位指挥家
一把镰刀　就是一根接地气的指挥棒
一粒粒稻穗　更像是饱满的音符
丰收的序曲在望
八月的大地抒怀

而他则眯缝着双眼　抬头看看天
风在脸上的皱褶里穿梭
仿佛不经意间
就能把粘了稻花香的白云
留在田埂

乡村打铁匠

其实　没有多少人来找他打铁了
他的铁匠铺依旧叮叮当当
一把切菜刀　一把铁锄头
淬火　再淬火
回炉　再回炉

千锤百炼之后　他才会在每一把铁器上
刻下他的姓氏
凭着这枚铁打的印记
不用花钱　缺刃的由他补齐
用旧的　归他翻新

几十年来　他的铁匠铺修了好几茬
不变的　是炉火的温度
和铁打的道理——

“九九八十一道工序打成铁
最后一道是匠心”

山楂树

山里的雾说来就来
就算是被尖削的石头剐蹭几道印子
那又算得了什么
采片叶子嚼吧嚼吧　抓把泥土捏吧捏吧
创口上只随便一贴
光脚丫的娃子又会到处奔跑
雾气还未散去
村里开始鸡鸣、狗跳

向阳的坡上　有几棵山楂树随意生长
每一棵山楂树　都有它的乳名
北风再冷
只要看见炊烟升起
就有一种温暖　焐热它们的年轮
在晨起的鸟鸣和蟋蟀的尖叫中
一棵树　紧挨另一棵树
直到开满白色的花朵
直到挂满红红的灯笼

大大小小的娃们聚拢在一起
阳光攀缘在青色的树枝
他们的竹篮　总是盛满圆圆的果实

牧羊人

整个晌午　他把头埋得很低
驼背的身子总是向下
向下　弓成一堆散乱的草垛

这片庄稼地　稻谷已经收割
麻雀已经飞走
日头高高在上　蟋蟀们准备换个场子

他还是要把羊群放到这里
入秋的田野一片空旷
闭上眼睛　他也能闻到谷粒的清香

这个固执的男人
除了粮食　他对什么都失去了兴趣
几只小羊羔撒着欢儿　在他身旁活蹦乱跳

伸出干瘪的手臂
他混浊的眼神开始有了一点亮光
弯曲的脊背似乎直了许多

素颜

一场雨　总会带来另一场雨
一蓬草　也会青了另一蓬草

一个人　总是不忘另一个人
一个世界　也会爱上另一个世界

在清明的节气里
它们都会相遇
总有一些说不完的话　唱不尽的歌
让一朵素颜的花
开在风里

一棵老树

树老了
背驼了
不说话的年轮
一直清醒

清醒到花开的早晨
用一双苍老的手捧起鸟鸣
清醒到日暮时分
把跌倒了的时光
轻轻扶起

曾经的月光
是爱人的眼睛
春天里　他们相互搀扶
在我们无法抵达的地方
数着星星

缅怀

现在　我所能做的
就是放下手中的书
随着清冷的月光
穿越山岭

翻过几座山
我能看见故乡的桃花
安静地睡在大地的怀抱
插花的辫子　粉色的棉袄
她们咯咯的笑声
在树林里奔跑

母亲孕我的时候
也是同样的春天
桃花盛开的小院　她系青色的围裙
她把一杯热水　灿烂的笑容
递给我劈柴的父亲

父亲一直念念不忘
以至于离世的那一天

他费力地凑近母亲的耳朵

不要哭

他要看母亲　再笑一回

和一朵菊花对话

如果不是清明
我也可以　在一册线装的书里
采菊东篱
煨上一壶茶
把一些杂乱的长短句
束在风里

可是我不能不怀念
我逝去的亲人、朋友
我知道　他们会在清明的那一天
从遥远的地方赶回来
会看我一眼　然后离开

我很久都没有说话
我很久都不会说话
我与他们之间　多少年的默契
就是清明节的那天
用一朵菊花散落的花瓣
把潮湿的地方　好好铺垫

老屋

一声咳嗽　星星便醒了
点亮油灯　羊就咩咩叫了
佝偻身子的老屋
颤颤巍巍的老屋
目光混浊的老屋
添把草料　院子里的牲口撒着欢儿

烟　从老屋的鼻孔呛出来
气喘吁吁的日子
不会埋怨打着补丁的老屋
灶膛内的火苗拨旺
就能喝上一碗照得见人的稀粥
苕花开满田埂
燕子飞来飞去

穿着草鞋的老屋
脚上的老茧会把稻草弄疼
不如打上赤脚
把犁耙扛上肩膀
心里头就踏踏实实

多少年以后　我总能想起老屋的时光
想苕花开在田埂
想燕子飞来飞去
想我的祖父、祖母　还有
老屋的　瘦

月亮之上

顺着去外婆家的小路
走着走着　就能找到萤火虫
顺着萤火虫飞去的方向
走着走着　就能找到月亮

月亮在天上
外婆在地下
走着走着　少年走到了中年
我认识外婆家的村庄
村头的月亮已不认识我

晚风打了一个照面
就没了踪影

草垛

秋天过后
草垛留在田野
谷物长大　成熟
目送它们向阳而行

一生不离不弃
一声儿行远方
直到　大地的额头添了白霜
直到　春天在赶来的路上

驼背的母亲
仍然闪烁金黄色的光芒

如果可以

如果可以
我想让我的诗歌成为一蓬草
为逝去的亲人守一抔黄土
在风里　听他们说我们听不到的语言

一定是有一些遗憾
被他们遗落在人间
如果可以
我想让我的诗句可以捡到
那些尖利的石头

不用打磨
就和远去的时光铺上一层
抹平凹凸不平的台阶

好让他们在冬至　在清明
走出来　听我们的那些他们听不到的语言

印象老家

老家住在江南
柳树发芽　老家便会返青
燕子归来　空气中氤氲着泥土的芳香
老家也把自己捯饬得干干净净

石拱桥穿上了碎花布
迎春花梳起了羊角辫
老家粉墙黛瓦
喜气洋洋把春天引进门

雨水朦胧了窄窄的巷子
油纸伞在水墨的老家一边调色　一边漂流
湿漉漉的竹筏还未划远
就有一些民宿在屋檐下避雨

坐下来　喝口茶
老家便会来与你叙旧
乡音透出浓浓的暖
点亮串串红灯笼

父亲的载重自行车

一头老迈的骆驼
在牙齿有些松动的时光里
颤巍巍地站立
面对老屋发黄的灶台　铁锅和米缸
他有些呆滞
也有些难过

过去　父亲总是不停地蹬车
他得在一座矿上上班
下了班　还要买一大袋面粉、生火用的煤球
我们爱吃的大饼、油条
母亲要用的瓶瓶罐罐
还要驮着哮喘的祖母去医院打针　抓药
驮来驮去　乡村的路直了
他的背却驼了

瓦楞稀疏的老屋　一头老迈的骆驼
加上驼背的父亲
黄昏来临　他们什么也不说

大雪

大雪一到
母亲就要抓紧晾晒整筐的萝卜、白菜
父亲蹬上他的老式“永久”
从城里买回一堆年画、红纸
也给我们带回来一大摞报纸、小人书

父亲说　路上大雪
车子打滑
他把载重自行车扛在了肩膀
浑身湿透的父亲
他吃力的身影　和十几里的山路
一样瘦削

我们看一会儿小人书
再看一会儿窗外
雪花一个劲儿地飞舞
就连门前流淌的采石河也被封冻了
就连母亲的菜地也找不见了

在那时

在那时　落得干净的是白茫茫的一片
静默的大地和天空一样干净
凝固的池塘和冬天一样干净
喑哑的鸟鸣和树枝一样干净

穿旧棉袄的父亲不说话
风从破洞的棉絮里漏出来
轻轻拍打老屋的院墙

我习惯了父亲的后背就是一堵墙
尽管　他的身体并不强壮
锯木头的手早已皲裂成一道道口子
寒冷的季节　他总能拢起一团团火

冬天来临　大雪纷飞
母亲的目光如雪花般干净
她不说话　在烧热一壶茶水后
她靠在老屋的门框
默默地凝视我劳作中的父亲

后来　大雪掩盖了很多时光
以至于多少年过去
摊开稿纸　那些落在纸上的诗句
总像院墙边　整齐码放的
一堆堆柴火

重回采石河

那时　一场洪灾过后
沿河而居的古镇居民浮萍般散去
月光清冷　淹没在水中
只留下摇摇晃晃的石拱桥影
在打碎的瓷盏瓦片里
在散落的民国读本里
一声叹息

流水经了百年沉淀
北风吹白了一些芦苇
采石河　成为水鸟的乐园

也是我的乐园
我喜欢在蒿草丛生的河岸打水漂
把亲手捡来的一枚枚瓷片
顺手丢进采石河里

我知道　与其让瓷片在岸边停留
不如逐浪花而去
让有些关于旗袍女子的传说
再一次活成美丽的涟漪

找回

如果月光可以和我交谈
我愿意找回那时的白桦林
找回蓝色的鸢尾花　和
春天的草叶集

如果秋天可以和我交谈
我愿意找回那时的梧桐雨
找回深锁的庭院里　和
远方的山楂树

可是　它们真的都已经走远
就连月光就连秋天就连我最熟悉的恋人

现在　我还能跟谁交谈这些呢
——除了你　谁还可以跟我一样
听得懂风中有朵雨做的
云

回不去的故乡

到了拐弯的地方
总有一道弯
不愿意抵达　也不舍离开

故乡就在那里
没有了老牛　没有了炊烟也没有了外婆
花白的蒲公英深一脚浅一脚
一如父亲的声声咳嗽

矮墙边的苦楝树
夕阳下落了一地蜡黄的果实
叫我乳名的母亲
在风中长了又短　短了又长

棉地里的母亲

大片的棉花开在谷地
每一株　都是母亲的儿女
从种子发芽　到棉铃绽放
一句贴心的暖
就让我的母亲从日出　忙到日落

棉花最懂母亲的心
母亲最懂寒夜的冷
所以　她细心包裹好每一床被子
服服帖帖的棉花舒展开来
棉地里的母亲　盛开最灿烂的笑容

我从未觉得寒夜的冷
甚至　在多少年以后
从棉地里透出来的每一寸光
依然　柔软而又亲切

惊蛰

大地舒展容颜
被水洗过的水稻的种子
河水一样丰润
在春天柔情的目光里
开始进入孕期

田间地头　从桃花坞赶来的民歌
一路吹吹打打
村里村外　燕子飞来飞去
青的砖　黛的瓦　一夜未眠的雨
点缀在江南的长轴

到了惊蛰　就到了开满杏花的小院
就有一封来自山外的家书抵达
字里行间　秧苗郁郁青青

到了惊蛰　我就想起高天上流云
春雷下草木
还有　盛装出嫁的妹妹
就会回来

青春做伴

第二辑

牵着黑夜的手

真的　没有谁比黑夜
更懂我的心
在黑夜　骑上骏马翻山越岭
在黑夜　乘着牧歌回到草原
和黑夜交谈　一片羽毛
也能飞得很远

我知道河流在故乡等我
春天在海边等我
那些繁星　树梢上的月亮
安睡的鸟巢
它们都是我最怀念的
黑夜里　它们的体温
总是温暖我的诗行

现在　一切都已安静下来
牵着黑夜的手　我们慢慢地
慢慢地
走到天亮

雏菊

秋天里　一个叫菊的女孩
在我的生命里绽开
她纯净的骨血是一汪溪流
一直流进远方的远
岁月的拐角处　一些石头露了出来
划过的伤口硌在河床
让最坚硬的地方　隐隐作痛

这样一朵清影
随着早晨的雨滴　与飘落的叶子
一起湿润　一起寒冷
小小的妹妹
远方的妹妹
能在这个季节还记得当初许下诺言的
风里雨里给你写第一封信的人
除了我　还会是谁

我知道这个世界有许多离开
有的远去　再也不会回来
而你短暂的开放

一定是想告诉我
告诉我再次捧起你的脸
告诉我你的心还有温度

挂件

其实　烦乱的生活也可以邂逅
一种精致　一种仪式
打开的方式　能让时光特别愉悦
特别深邃　特别透明　特别
慢

冰种的挂件不说话
它温润地贴近我的心口
用它的冰与火　倾听我的冰与火

安静下来的时候
我把自己淘成一枚天空蓝
这样　我才能听到它的心跳
来自远古的气息
散发出神秘的清香

我发现　只要湖水安静下来
那些被我遗忘的复又清晰
月光下　渺小的草木也会沁出
美丽的光泽

手镯

春天　梅香飘入茶台
书卷里的江南倚门回首
谁的袖口轻挽
在春的氤氲和词的长短里
点点滴滴

一枚手镯摆放在茶台的中央
行很远的路　吹很凉的风
甚至还有角声寒　夜阑珊
依然清澈的眸子里
还是小桥流水边上的月亮
透明的内心飘过青花

这样一个午后　我们不需要大声说话
一枚镯子婉约的样子
让美好的时光停顿下来
黄昏　望而却步

不要吵醒一块璞玉

我是多么不愿意吵醒你
在梦里　你一样可以奔跑
一样可以倾听
一样可以等待　一句海枯石烂的
诺言

世间所有的事物
就是在睡与醒之间　琢磨或选择
即便　庙宇前的香火缭绕万世
一千种许愿
也是在佛祖面前　明明灭灭

就像台阶上的这位小沙弥
怀抱一把扫帚入梦
他像极了一块小小的璞玉

落叶落在他刚刚清扫的地方
远方远在他刚刚入梦的地方

蓝水观音

千里之外　从第一眼开始
我就认定你是我这辈子的情结
捧在我粗糙的掌心
一滴水　成为山川大地的回音
一片天　成为流浪灵魂的屋檐

被焐热了的雪
被点亮了的灯
被唤醒了的梅
都在你纤细的手指下跳跃
此刻　我与春天一样
多想在南风吹来之前　躲进你的瓶子里
看个究竟

世界有多大
天空有多美

我知道我的故乡没有大海
我知道大海永远有一滴水的存在
我知道此生的遇见　就是在你的目光下
洗去尘埃

遇见

其实　遇见你一次就够了
隔着一层玻璃　你通体透出明媚的光泽
骨笛低回　由远而近
我听到一万年前来自地层的跫音

尽管　我不止一次地低下身子
并且试图　一千次探寻你的秘密
我知道有一种遇见触不可及
高处是高山流水
低处是草木尘埃

其实　遇见你一次就够了
世间万般美好　柴门鸡鸣犬吠
一介布衣　五斗稻米
偶尔仰望月空
这已是我生活的全部

命运赠予我一次遇见
而我　却一无长物可以相赠

青花瓷

谁家的女子
低首垂眉　临窗而立
赠我一地如水的月光
折一枝青梅相见
把半帘清脆的月亮　挂在檐下
与我临风抚琴
浅酌低吟

青花瓷　我前世的女人
你铁骨柔肠　冰清玉洁
“宁为玉碎不为瓦全”
线装的读本暗香浮动
纯净的本质　千百年
泛出悠悠的光辉

今夜月光如水
月光如水洗我一脸的灰尘
最爱的女人
今夜为我披一袭秋衣

爱一个人多好

爱一个人多好
比如　摘一朵花给她
告诉她：春天来了

春天来了　爱一个人多好
比如　带她去听海
听银色的月光潮起潮落
听海的摇篮曲
为故乡的亲人祝福平安
去结识一位诗人
——他在海边歌唱生活

爱情是湛蓝的
而我　也会跟他一样
盖一座漂亮的房子
与她一起面向大海　春暖花开
并且　写一首诗给她
告诉她——

爱一个人多好

桃花开了

蘸满春天的墨汁
被柳梢随意一抹
小河淌水了
雨丝变细了
水墨的江南湿漉漉的

山里的桃花
油纸伞没来得及撑开
就在宣纸下
避雨

在雪地里行走

在雪地里行走
远离都市的喧闹　身背行囊
行走在一个人的荒原

十年的孤独斟满一杯
喝下去　瞬间已被冻结
北风还在打磨　一些凋零的树叶
一些残留的瓦片
而那些坚持
都是我一生最深的记忆

所有写在诗歌里的
我是如此珍爱你们
我知道有一种离去　还能回来
有一种放弃　却
永不再来

在雪地里行走
没有什么可以让我停下脚步
我听见声音一直很响

一定是水滴在河流中挣扎
一定是生活在现实中挣扎
一定是雪　在枯草和乱石中
挣扎

夜晚就要来临
在雪地里行走
漆黑的夜里　我能听见
雪在说话

雪中梅

寒冬到来　最后一片叶子
被雪覆盖
你　便成为这个冬日
我唯一的温暖

屋外寒风刺骨　大雪纷飞
纸张上的诗句
吹落一地
现在　一切都已走远
就连枯草
就连月光

一剪寒梅　隔墙相望
这让我又一次想起
远在故乡的女儿
她挑一串红红的灯笼
回家的夜晚
才有了点点亮光

女儿十岁

女儿十岁
她在整理瓶里的花朵
那是她在这个冬天
收到的最好的礼物

开在冬天的玫瑰
火把驱走寒冷
其实贫穷不算什么
我可以为她劈柴、生火
取暖的过程很简单
就像在一本书里
去读　另外一本

我要为她打开窗户
放入一些阳光
让她与小树跳绳
顺便问问　春天还有多远

冬天这段日子

女儿总是很快乐

而我也喜欢看她　扎起羊角辫

在父亲的心里奔跑

许愿

如果黎明不再给我曙光
请给我一个安静的夜晚
我会虔诚地点亮蜡烛
灯光、满天的星斗
还有温暖的壁炉
乘着黑夜的翅膀翻山越岭
与远方的萤火虫　随着篝火和月亮一起欢跳

如果春天不再为我歌声
请给我一个花开的夜晚
一夜风雨　听花开花落
直到窗外一树落红　埋进土壤
我只当是完成　最后的飞翔

穿行在白天和黑夜
比黑夜更黑的　这些
我都不惧怕
如果什么都已失去
请给我诗歌的自由吧
诗歌给我愤怒的眼睛
黑夜给了我　清澈的心

冰雪之约

还记得临湖的那片桦树林吗
一场雪　让我们逃离了二十岁
在如此干净的天空下　让干净的灵魂
漫天飞舞

无数次你说爱我
可我却不敢拥抱你
我知道一片雪花最美的时刻
就是贴近大地的瞬间
我不能让你融化
不能让你成为无踪无影的　一滴水

你要永远成为雪的样子
在临湖的那片桦树林
我们朗诵　我们唱歌
我们一起仰望天空　然后
一起回到
二十岁的青春

红围巾

你是含着红围巾的一角向我走来的
我冰雪的世界　因为有你
才更加晶莹

在雪地　所有的花朵都已隐藏
所有的鸟鸣
都在期待下一个春天
而冰与雪　并没有凝固
我知道他们一定是在彼此聆听
彼此呼吸

伸手接住一片雪花
你笑起来的样子真好看
那时候　雪花越来越大
围着你的红围巾
它们多像一群起舞的蝴蝶
夹在惠特曼的诗集
与春天的草叶亲吻

后来　我的天空一直下雪

以至于被我珍藏了二十年的书签

依旧带着　你的体温

梅

在一株梅前伫立
仿佛　前世的遇见
她清冷的骨头来自宋词
让一颗沧桑的心　软到极致
软到流水也能静默
软到融化一块坚冰

梅　一场大雪来临
我多想为你生一盆炭火
就像今生　我在一条河流
为单薄在夜幕里的琴声
披上一件蓑衣

为我来过的小小的爱人
知你知我的烛光清影
通透的灵魂相拥　余下的时光听雪
我愿意在《梁祝》的风中
与你化蝶

梅啊　一枚花瓣捧我手心
那是春天鲜艳的嘴唇

想起一封信

小小的妹妹　早晨的妹妹
飞到我的窗前
放下那本惠特曼的诗集
我想象你蝴蝶的裙裾与《梁祝》起舞
从一汪清澈的水面
我看见你桃花的面容

自然的骨血
一定会感恩大地的孕育
静静的花开
一定会记得美丽的时节
在三月的枝头绽放的妹妹
在荷塘月色下追逐萤火虫的妹妹
在秋天与一首钢琴曲私语的妹妹
在我的手心慢慢融化的妹妹

你看　月亮升了上来
你皎洁的肌肤
让我想起门前弯弯的小河
有风拂过的树林　和

故乡安静的草垛

早晨的妹妹　质朴的妹妹
一年四季　三百六十五个日子
我只为你写一首诗
信封上　你的名字
却让我念了　三百六十五回

这个冬天我要修房子

一个简单的音节
从女儿的小嘴里迸出
这是二〇〇三年的冬天
我们寒冷的屋子
绽放的第一朵花蕊

小小的花蕊
开在父亲的诗里
小小的枝叶
是我温暖的生命
阳光在我的周身涌动
诗歌跳跃着春天的信息

伸出双手　她快乐地晃动
一步　再一步
她小心翼翼向我走来
弯弯的枝杈
吐出弯弯的新绿

这个冬天我要修房子了

女儿要在白色的墙壁下画画
在柔和的灯光下识字
在漂亮的屋檐下唱歌
在我亲手修葺的房子里
燕子飞来飞去

而我　一位贫穷的父亲
一定好好地守护好我的女儿
寒冷的雪天　为她写一首诗
漆黑的夜里
为她点亮　一支蜡烛

我还能再做些什么呢
这个冬天我要修房子了

远在远方的海子

我的好兄弟　你到底去了哪里
雨后的篱笆像一条蓝色的小溪
四周的月光沾满清凉的河水
四周是你洁净的诗歌
忧郁的女孩正用双手分开她的黑发
已经是深秋
她赤着双脚　在你只身打马
在你不敢梦见的地方
盼望与你相见

我的好兄弟　你把远方的远归还了草原
你把月亮的故乡归还了月亮
可是　那些由泥草筑起的房屋
那些在夏天最后红了的山楂树
那场可以清洗你骨头的雨
和　草垛上晾衣的母亲
他们全都在故乡　在今晚的月光下
等你

黑夜的嘴唇

在荒凉的沙滩　写下你名字的
是黑夜的嘴唇
那时你还是一位青春少年
你在桃花的村落劈柴、喂马
你在月光的海边写诗、拾贝

光明的海子　十个海子
热爱故乡和月亮
他在黑夜一直寻找
比远更远的远方

他不能坐在一束麦子上回家
不能与一群鸟
飞过故乡的谷仓、芦苇和山冈

黑夜给了他一无所有
他在夜里跳动的文字
却是最好的烛光

在格尔木遇见一条河流

车行格尔木　托拉海掉进沙漠的缝隙
孱弱的河水流过了很短的季节
北风到来之前　一些飞鸟已经离开
沙丘的喘息声老远传来
午后的河床裂开了口子
随便说一句话　就有半句沙砾

托拉海　穿过格尔木季节的一条河流
在沙海和风暴中跌宕起伏
它从不迷失　生生死死
再苦再难　它也认得故乡的方向

远处是巍巍昆仑　近处是茫茫戈壁
把荒漠变为绿洲
又把绿洲变为荒漠
周而复始　河流的力量无处不在

一些胡杨木桩已经老去
苍劲的生命　就要被沙丘覆盖
落日　大漠　孤烟

黄沙抹不平这悲壮的一页

月光下　总有一些黄叶在枝杈停留
等待河流苏醒的一天

茶卡盐湖

蓝的没有边际
白的内心轻盈
茶卡盐湖　多像童话里的一面镜子
面对天空　敞开隐秘的心扉

人到中年　行了那么远的路
吃过那么多的盐
仍有很多想要倾诉的
仍有很多不能倾诉的
脚步慢下来　再慢下来
就让风干过的往事　蘸些蓝色的汁液
写一行字　写两行字……
剩下的　全部交给云朵

有时候　“空”是一门深奥的学问
一些事物需要填空
而另外一些　则需要我们掏空

天空下　茶卡盐湖默不作声
它怀抱一面镜子
习惯了人来人往　人去人空

套马杆

在草原的摇篮里长大
一匹黑骏马奔向白云的方向
琴声是谁洒落的野花
顺着浅浅的河流
嘚嘚的马蹄声碎了一地
驼背的老额吉突然想起了什么
她混浊的泪光在闪动
她的黑骏马已经走远

现在　她一生的时光
就是在落日的余晖里
一遍遍数她的羊群
温顺的孩子　洁白的羊群
蒙古包升腾的炊烟多么安静

一根溜溜的套马杆
至今还挂在老额吉的毡房
在思念黑骏马的无数个夜里
她总能听见套马杆发出的长调
奔跑在茫茫的草原

雪

微弱的女子　点在梅花的枝头
天寒　风冷
微弱的生命　让我心痛不已
小小的女子　身清如水
清洁的本质濯我生命的灵魂

在尘土飞扬的一生
雪　还有什么比你纯真
每当清晨　抑或黄昏
我怎能诵读你的句子
生怕北风吹　吹落你微弱的火焰

雪　我是否还能一如当初
捧起你的脸　听你风里的心跳
在我心中　一声　一声

咏叹秋天

女白：一个秋天的早晨，我要去一个很远的地方。没有人为我送行，没有人问我此去的方向，我心中只有一首歌，时刻在耳边回响……

男：淡妆的女孩
我看了你很久
我在站牌下等车
车没来
你来了
女：我在站牌下等车
你说你看了我很久

男：那时天空飘着小雨
女：雨把这座城市的秋天
写意成水墨的风景

男：于是　这座城市的女孩子
约好这个季节是白裙子的季节
你穿白裙子

白裙子与你
都在这座城市生长
女：是的　我喜欢白裙子
妈妈说喜欢白裙子的女孩
是天边最美丽的云朵

男：在雨中　我看着你的眼睛
如同看见晶莹的水珠
点滴在清澈的秋天
女：在雨中　你这样看着我
看着我的眼睛
没有谁询问我心中的故事
没有谁与你一样
我们——
触摸秋天的脉搏
感受细雨的心情

男：我是乡村长大的孩子
田野的青麦
熟黄的时候
母亲教我　怎样弯腰
我是怀揣梦想走向城市的
我是带着远方走向城市的
现在　我是一株青青的麦子
淡妆的女孩你是一蓬青青的草

在我身边
迎风摇摆
女：我是一蓬青青的草
我寻找可以生长歌声的河流
青青的河流
弯弯的河流
它能带去我所有的眼泪
所有的欢笑

男：你看
风从哪个季节吹来
风让这座城市的落叶
充满什么样的情怀
女：风从一片云朵中吹来
风让这座城市的落叶
充满忧伤和无奈

男：我看见你白色的裙子飘飘扬扬
你白色的裙子
仿佛是一首轻轻的歌谣
轻轻的歌谣
是这座城市纯净的伤感
女：你看见我白色的裙子飘飘扬扬
你知道天堂里有没有车来车往

男：风从云朵里来
女：风从云朵里来
　　洁白的城市里有一个女孩
　　含着微笑　曾经走过
　　一样的站牌

男：淡妆的女孩
　　我看了你很久
　　我祈祷　你眼睛深处的一汪湖泊
　　浸润着我的青麦
　　土地一样深情的心灵
　　永不干涸
女：你在为我祈祷吗
　　你说我的眼睛浸润着你的青麦
　　浸润着你的心灵
　　我是多么快乐

男：我祈祷你长发飘扬的地方
　　城市或者乡村
　　都洒满青色的阳光
　　盛开片片的云朵
　　你是上天派来的使者
　　这样一个静默的早晨　静默的早晨
　　给了我圣洁的光芒
女：我长发飘扬的地方

我看见了你的天空
你的河流
我看见一株青青的麦子
青色的光芒里
轻轻唱着一首无字的歌

女：捡起一片叶子好吗
男：如果一片叶子就是一片风铃
会不会发出明亮的声音
如果太阳升起
会不会飘向遥远
雨水做成的女孩
云朵做成的女孩
我想牵着你的手
慢慢地走进秋天的田野
那些忧伤的故事
让它在秋天默默地藏起
等到花开花落　花开花落
没有人会记得我们曾经绽放的
曾经绽放的　那一段美丽

男：淡妆的女孩我看了你很久
你不说话
女：我不说话
因为我想说的太多

男：我想知道秋天的叶子
为什么如此喑哑
女：你想知道秋天的叶子
为什么不说话
最后一滴雨落下的时候
你能知道她的回答

男：在秋天我看不到白色的花朵
在秋天你读不到我内心的情感
女：不！
我看见你如土地一样深情的心灵
我祈祷他永不干涸

男：在秋天　我想起母亲的白发
一朵苍白的水莲花
摇曳在晚霞的故乡
我想象你是我母亲的孩子
一朵云　牵着另一朵云
女：你说我是你母亲的女儿
柔情的女儿
善良的女儿
可是　可是——
在你以目光牵引我柔情的时候
在你为我捡起一片叶子的时候

我还以为我只是你身边
一蓬青青的草

男：淡妆的女孩
我看了你很久
女：很久以后你还会这样看我吗
我是一颗蒲公英的种子
这个秋天在你的身边
不经意地落下
如果有一天　我会为你
盛开最后的一束

男：如果有一天
乘着歌声的翅膀
我们回到从前
如果站牌下许多故事
犹如季节的轮回
女：如果站牌下许多忧伤的故事
犹如季节的轮回
你看
城市的季风传来阵阵歌谣
歌谣里浸透着一种落叶的感召

男：车来车往　车来车往
秋天里的歌谣

是最圣洁的祈祷
一个白裙子的女孩踏着云朵
再也没有回来
我看见城市的车辆来来往往
却无法知道
哪里是你远去的方向
女：城市的车辆来来往往
我无法知道
哪里是我远去的方向
…………

高天流云

第三辑

盛夏的玫瑰

确切地说　看到这枚花朵
盛夏已在竹篱笆的小院
把藤蔓上还未舒展的叶子
递给了蓝天
风起时　植物的果实在悄悄孕育
玫瑰在慢慢地枯萎

有谁会注意一枚老去的玫瑰呢
年轻时的心跳
带有朝露的芬芳
褪色的光环把时光锁在深处
结局总在捡拾自己的影子
我们的阅读才刚刚开始

有一首诗的诞生
就有一个人的老去
盛夏　是深秋最好的注脚

夏天的秘密

我想　蜻蜓应该知道夏天的秘密
亲吻之间　平静的水面泛起阵阵涟漪

知了应该知道夏天的秘密
它的叫声　吵醒了我的童年

诗歌应该知道夏天的秘密
每一次阅读　让窗外的月光更加明净

时光应该知道夏天的秘密
每一次闪烁　都把星空推得更远

临近晌午

晌午　是阳光最浓烈的时候
我最想念逝去的亲人
他们在麦田的深处弯腰收割
或是在谷场中央挥汗如雨
所有的粮食　因为他们而饱满
所有的日子　因为他们才有了故乡

我熟悉他们的肤色
熟悉他们的劳作
一颗种子　从播种到收获
经历过和他们一样的质朴　一样的从容
阳光火热　土地滚烫
劳作的亲人们不离不弃
高高的日头下
他们是最有温度的壮美诗行

尽管　这么多年已经过去
晌午时分　传来女儿的钢琴声
每当想起那些亲人
热泪总是充盈在我的眼眶

屋檐下的母亲

现在的她已经无田可种了
二亩水田已经流转
尽管八十二岁的她一千个不愿意
可她实在抓不住一袋稻谷
只能拖着蹒跚的脚步
在后院照顾她的九只母鸡、一只老鹅
还有一只缺了半边翅膀的鸽子

现在的她已经无田可种了
她还是起早贪黑地周旋于院子的前后
五颜六色的太阳花、挺拔向上的鸡冠花
香气浓郁的栀子花、炭火一样的石榴花……
“人要衣妆美　花也爱干净”
她把草木打理得井井有条
就像侍弄田里的庄稼

更多的时候　她静静地坐在藤椅上
在她自己的屋檐下
听收音机播报的大事小事
想父亲在世时的往日旧事
山外飘来一朵云　没有惊扰她的梦

野地里的向日葵

一株向日葵开放在野地
在风的入口处　它使出了很大的力气
尽量不让瘦削的躯干倒下
花朵向阳　生命灿烂
一切只为怀抱中的种子
不需要感天动地　在天地间站立
它以弱小的较量
让旷野沉默成一幅悲壮的油画

这个清晨　我用不经意的一次邂逅
靠近这株矮小的向日葵
我想倾听它的物语
我想碰触它的灵魂
我想让荒野的风也轻下来　轻下来
好让它的种子恣意生长
它会感恩来过　感恩从身边飞过的
一只快乐的小鸟
或者　每一只卑微的昆虫

“真正的高贵不在于他拥有什么

而在于他是什么”

野地里　一株向日葵向阳而生

它向上的方式

无数次接近　湛蓝的天空

春回故乡

五月　这是一个饱满的季节
我的家乡在江南
大片的油菜籽怀着喜悦
和远处飞来的叽叽喳喳的鸟儿
用春天的语言　对话

透过光滑的肌肤　一朵朵生命
从五月的母体呼之欲出
自然的骨血　小小的精灵
以温暖的方式　接受母亲的祝福
以古老的仪式　感恩土地的馈赠
炊烟袅袅　河流蜿蜒
水墨的故乡
在油纸伞下款款深情

年轻的女子　走在青色的田埂
江南风含笑　江南水含春
她们的风韵来自《诗经》
来自《楚辞》
这与村庄里的槐树花

与山坡上的杜鹃花
同样迷人

汉字里的故乡
是一条生生不息的河流
它在我的骨血里　永远流淌

在故乡的荷塘听蛙鸣

这是世界上最动人的音乐
月亮上来
在故乡的荷塘听蛙鸣

一声是短笛
一声是芦笙
一声一声把月光揉碎
一句一句触痛乡情

有蛙鸣的地方
就有萤火虫和星星的舞蹈
有蛙鸣的地方　就有
稻花香　儿歌长
油灯下的外婆　轻摇蒲扇
她抬起头来的皱纹
是风吹过的涟漪

荷花　红袖添香的女子
她倚门而立　清瘦的背影
是宋词的眉头

今晚　我在故乡的荷塘听蛙鸣
听今晚的月亮
在线装的书里怀旧

你听

蛰伏的生命　可以破土而出
冰冻的梦想　可以随雪消融
大地不是等待春天
而是春天的声音　唤醒了大地

你听　山坡有风　河流蜿蜒
你听　羽翼舒展　水珠晶莹
你听自己的心跳　你听昨天的留言
带上诗行间绽放的第一朵花
早晨的阳光正好　去与春天赴个约会

“我在路上等你啊”
——你听　这是谁的声音
随着熟悉的鸟鸣划过清脆
随着这暖暖的风　飞到树林

茶乡做客

方言里的茶乡泡在节气里
方言里的茶乡韵在云雾里
顺着山道一路走
就会走进三月的烟雨
就会走进缱绻的江南
云深不知处的时候
杏花村的牧童指一指
你就成了茶乡的客人

脆生生、甜滋滋的山茶歌
从采茶女子的背篓里钻出来
就会发出新的芽尖
含一片在嘴里
就会感觉春天的味道

掬一捧清清的山泉
心情沏得很透明
喝一口递上来的热茶
让茶香沁入心里
你就成了茶乡的诗人

乡村即景

村子的西头　正是夕阳落山的打卡地
采石河　由东向西
流三十里水路到长江
出村打工的人们　出村读书的孩子
从村子的西头出发
他们是飞往两个方向的鸟群
黄昏时分　鸟群打西边回归巢里

乡村理发店　一爿小超市
各是两枚老旧的棋子
下棋的是两个老伙计　他们头发稀疏
屋檐下的方言不紧不慢
时光在摇椅上眯缝双眼　一盘棋局
在日出和日落中不争输赢

一路向西的河水暗流涌动
互联网只打了一个旋涡
就把一池池当家塘串成串
鱼戏莲叶南　鱼戏莲叶北
在这里　乡愁倒影成青砖黛瓦
古老的乡村　便回到重重叠叠的江南

豆腐坊

从田间地头涌来的千军万马
被豆腐坊的老张赤膊拦下
头通鼓　二通鼓　三通四通五通鼓
好端端一曲《定军山》
硬是被老张唱成七八个豁口漏了风

老张自幼就做豆腐
跟他的父亲一起走村串巷
他没多少文化　跟着父亲的戏匣子
硬是把卖豆腐的破轱辘
推成一匹能过五关的战马
几十年手工推磨　天不亮就得起床
精心选出的豆子粒粒珠玑
纯正的手艺　经得起任何打磨

驾驶电动三轮车　老张随兴就能哼上几句
人品端端正正　豆腐也四四方方
方言里的《定军山》自带豆香
引得四乡八邻们闻香而来
得意的老张添一把柴火

堂屋内　圆口的大铁锅热气腾腾
皎白的月光被他轻轻一点
好日子便凝结成完美的豆腐花

头通鼓　二通鼓　三通四通五通鼓
压去多余的水分　铺面上
一屉屉豆腐带着“张氏制作”的体温
一如老张他现在的生活
沉甸甸　香喷喷

铁匠铺

河沿　一爿铁匠铺传出叮当声
我熟悉这急促有力的声音
在方圆十多里的乡村　铁匠铺
唤醒了早已锈蚀的农具
它们从庭院走向田野
以最初的方式　倾听粮食与土地
以睿智的方式　打开生命的密码
深入农事的根本

让非遗回归非遗　让田野回归田野
一件件铁器经过锻打
原本坚硬的内心　溢出日月的光辉
一面是水　一面是火
打铁人　把他的肋骨交给了铁件

叮当一声　肋骨收紧一次
似乎这样　才是他最完美的作品
其实　一个人的一生需要不断地敲打
不断地淬炼　比如
一块铁　要打出另一块铁
必须经历水火两重天

合作社

把一颗颗星星聚拢
再把一颗颗星星撒出
一聚一撒　葡萄种植户越来越多
种出来的葡萄越来越甜
风儿变得轻盈　露珠穿上绿色
门前的池塘留下了云朵
合作社　成了山里人自己的天空

从园子里采下的葡萄　还带着新鲜的鸟鸣
它们被湿润的呼吸串串包裹
再小心翼翼地装入纸箱
这些大大小小的纸箱　有着春天的密码
手机扫一扫　就能顺着纵横阡陌
找到云朵深处的农庄

我知道云朵的深处　也是花朵的故乡
葡萄在安静地吸吮乳汁
阳光从藤蔓的缝隙中伸手拥抱
叶子轻轻　蒲扇童谣
这瞬间的温暖　让我想起远方的母亲

炊烟里　我总能辨别出她的背影

徘徊在合作社门前　异乡归来的我
多想成为一枚葡萄

碾米房

碾米房坐落在小河的北岸
一所废弃的校舍　破旧的砖瓦门窗
简单修缮　几台机器就运转起来
碾米的老周在机房里忙来忙去
浑身沾满了米糠
裹上面包屑　在油锅里炸一炸
他的身价肯定不一样

他能抱起一麻袋稻谷
再用力挺几下肚子　用力抬一抬手
所有的稻谷就会奔向同一个方向
在轰鸣作响的机器里
完成漂亮的翻身、跳跃、转型
褪下金黄的外壳　成为一粒米
稻谷宣告了它的重生

由糙米到精米　由麦粒到白面
老周和他的机器不可或缺
从粮仓到饭碗　从吃饱到吃好
老周让满仓的日子有了丰足的底蕴

河的北岸　碾米的车辆排成长队
几条老水牛卧在河沿
正慢慢咀嚼安静的时光

爆米花的人

日子就是一把米
他比谁都知道　从播种到灌浆
从收割到脱粒
驼了背的山路总是直不起腰

一生只做一行当
他的位置离胡同口不远
所以　他小心翼翼地往锅里加米
虔虔诚诚地往炉里加炭
就像在庄稼地里耕种农活

一把米　慢慢就有了温度
升腾的火苗就是生活的态度
稻花香　米花甜
左手拉　右手摇
往复的动作不紧不慢
平淡的日子有滋有味

手起锅开　一声响雷

唤醒城里人的乡愁

香喷喷的米花　让人们回到诗和远方

穿过石头的雨

正好　天空下起了雨
正好　我打开了栖居案头已久的书

雨点　淅淅沥沥　像是曾经来过的青春
雨点　密密麻麻　像是叩问自己的人生

人到中年　被盐渍过的皱纹
被雨冲刷　沟壑和平原露出自然
一些草　一些花　一些云雾
它们也开始说话

一些沉默已久的石头
被雨穿过。与我眼前打开的书本一样
我能想到石头的内部　每一道复杂的纹路
都是一条简单的　出口

乳名

那年上学路过北山
特别嫌弃与猫狗一样闹腾的乳名
对着大山喊几嗓子
灰头土脸的乳名　就被山谷的回音拽回来

那年父亲同意住院
在病房里朝夕相处　让我们父子情深
目睹他的远离　我多想牵住父亲的衣角
让他再唤一声　我的乳名

那年中秋月儿圆
一杯白酒下肚　乳名上沾满的泥巴
嚼一嚼。人到中年的我　已经泪流满面

山水诗都

第四辑

月之中秋

从一首琵琶曲里翻山越岭八千里
从一条大江孤舟远行八千里
从一声呼唤中风雨兼程八千里
从一本线装的长卷里长歌当哭八千里
从相见恨晚的前生　到红尘滚滚的今世
我怎么也离不开　却怎么也靠不近的
月亮啊

月到中秋　月到中秋
一轮圆月永在天上　被那坛桂花酒醺醉了的诗句
长长短短　平平仄仄散落在玉盘
纵有长袖善舞的嫦娥　纵有歌飞万里长空
纵有一缕缕相思一声声九州
那奔腾不息的一行行清泪　在五千年的山川大地
豪放
在芳草萋萋的水之湄中婉约
在汨罗江边归去来兮　在雁门关下角声满天

长亭外　古道边　折柳相送的是远方的故乡
无语凝噎的是离别的亲人

年年盼月　年年盼圆　年年把月放在江里
年年拂去满脸的灰尘
千里迢迢　只为喝一瓢永不枯竭的隐秘
谁在满月之上当歌　谁在满月之下横笛
笛声深一脚浅一脚
谁在秋风的对岸　挑一盏明明灭灭的灯

那个牵我手、濯我衣的母亲
那个守在桂树下　在村口张望的父亲
老屋木质的窗棂　村庄袅袅的炊烟
在门前飞来飞去的燕子
他们温软的乡音　弯曲的背影
一如岁月打上的补丁
披上月光　就有一种暖　就有一种亮
就有说不出而又咽不下的乡愁
硌痛嶙峋的肋骨　揉痛今晚的月亮

——今晚　我不要李商隐的月亮
不要春江花月夜的月亮　不要明月几时有的月亮
不要枫桥夜泊的月亮
我只要明月当空照我还　我只要母亲
她清如月光的手　把一颗游子的心
轻轻抚摸

汨罗江的月亮

你从秭归来
一条江为一个形容枯槁的诗人瘦了两千年
一弯月为掩泣而去的《离骚》醒了两千年

诗人死了　江畔的青草青着
歌声远了　江畔的龙舟听着
汨罗江　你披散的灵魂从未走远
秋风是一把剑　多少个不眠之夜
与江水把酒　与激情狂舞

一个人的爱有多重　一条江的水就有多深
汨罗江　你把月亮抱在怀里
就像诗人抱着一块石头
纵身一跃　别说九死其犹未悔
江水浩荡啊
怎么能容得下你家国情怀　壮志未酬

剩了那些穿薄衫的瘦骨嶙峋的句子
一声长叹　留在了秦楚两岸
秦楚两岸　擎一炷不灭的香火

照粽叶般清香的月亮

总有一种时光像月光一样不朽
她照九州　她叫中国

大地的儿子

这一天　一颗星
不是陨落在中国大地
而是走进了宽广的土地
没有谁比他还懂
饥荒年代百姓的饥饿
没有谁比他还懂
一粒稻谷在手掌心的重量

躬耕土地　弯腰收割
他把自己的姿态放到了低处
用火热的情怀贴近尘埃
一生只做一件事
他把人民的温饱看得比天还高
用父亲般的馈赠
诠释了亘古不破的道理
人民就是大地
大地就是人民

驾着禾下乘凉的梦想
91岁的父亲飞向远方

走到哪里　他也是在田间播种
种子是他的生命
生命就是一粒种子

他是人民的儿子
他是大地的庄稼
这一天　一条大河波浪宽
这一天　风吹稻花香两岸
这一天　一场大雨为他送行

矿工号子

大锤落在铁钎上
火星落在矿石上
戴柳条帽系白围巾的矿工号子
打着赤膊淌着热汗的矿工号子
虎口震裂青筋突出的矿工号子
被炽热的太阳晒成古铜色的矿工号子
嗓音嘶哑冒着青烟的矿工号子

从一个久远了的夏日的午后喊出来
从一部专题片的黑白画面里喊出来
从一本矿志的老照片中喊出来
从残缺的文字记录中喊出来
从一摞发黄的奖状背后喊出来
从一座废弃采场的深处喊出来

我瘦弱的父亲发自胸膛的声音
就是这矿工号子
我伟大的祖国顽强站立的支撑
就是这矿工号子
我钢铁的家园六十年矗立的隐秘

就是这矿工号子
我风中的母亲最爱听的
就是这矿工号子

矿工号子　喊出来的第一声
就深深嵌进矿山的灵魂

雪落矿山

夜已睡了　采场醒着
雪又落了　铁轨听着

此刻　矿区的灯已经安静下来
混浊的光将寒冷紧紧包裹
拄一根拐杖
为黑夜里的每一片雪花
找到回家的路

回家的路是很漫长
走着走着　婴儿车里的孩子已经长大
走着走着　山一般的父亲已是白发苍苍
六十年来　这里的冬天都会下雪
父亲说　雪是夜的眼
是雨的心

雪落矿山
黑夜里最后一趟火车已经走远
我仍然想起我的父亲

他穿工作服的背影极像一盏灯
苍老地守在某个路口
等我回来

凹山湖诗笺

在中国钢铁工业的版图
一座海拔一百八十米的高山　叫凹山
在蓝宝石熠熠生辉的地方
一条负二百一十五米深的湖泊　叫凹山湖

“高岸为谷”　一百年可以沧海桑田
可以让一座高山　变为湖泊
“深谷为陵”　钢铁的基因
让中国工人的精神
成为一种高度

这座百年矿山　是一座钢铁城市的摇篮
那时　我的祖国
最需要的是钢铁的支撑
国家领导人两次视察马鞍山
沸腾的铁水在炉台奔涌
通红的炉火　把江东儿女的心照亮

三次“凹山万人大会战”

最终诞生五百万吨的新纪录
一块块滚烫的矿石
从凹山出发　接受炉膛的冶炼
与年轻的共和国一起
与一个奋发的民族一起　百炼成钢

从五百万吨、八百万吨到一千五百万吨
凹下去的是一座山
挺起来的是一道梁
一列列矿车带着“两山理论”的新样板
带着全球资源型城市生态修复的中国方案
带着国家领导人的殷殷嘱托
带着安徽的“杭嘉湖”和长三角的“白菜心”
宏伟蓝图
从凹山出发　驶向八百里皖江
驶向长江经济带
行驶在新时代绿色中国的画卷上……

山　是湖的底蕴
湖　是山的岩浆
漫步在风光旖旎的凹山湖
碧蓝的湖水轻轻拍岸
我依然可以找到父辈们的当年——

他们头戴柳条帽
汗水浸湿了朴素的工装
他们红旗高举　矿歌嘹亮
他们号子声声　响彻山梁

三棵树

三棵树　在凹山湖地质文化公园
并不只是三棵
而是漫山遍野的元宝枫、山桐子和杜仲
三种中药材
为曾经的生态伤疤
修复健康的肌肤

这片盛产矿石的土壤
因为矿石的开采而贫瘠
因为植被的破坏而荒凉
三棵树
在一道道山梁扎下根来
每当有风吹过
年轻的小树林会仰望蓝天
与它们对话的
是一朵朵轻盈的白云

听得懂它们语言的

是一滴滴晶亮亮的晨露
和一曲曲
脆生生的鸟鸣

老电机车

电机车老了
从运行的铁轨上下来
一晃几十年过去
曾经钢铁的躯体有些生锈
坐在地质文化公园的某个角落
它在风里咳嗽

当年　为了增加每一吨产量
它挥舞小红旗不停地奔跑　日夜奔跑
满载的铁矿石
熟悉它风驰电掣的身影
这和矿工的性格没什么两样
一辈子风风火火
从不离开自己的轨道

如今　电机车真的老了
它很疲倦　也不说话
阳光下　就像一位打着瞌睡的老矿工
每一声鼻息
都是旷野里的　一声长鸣

去凹山湖听月亮

高山之巅　月亮最亮
故乡之上　月亮最圆

在钢城　想听春回大地的声音
与风一起
我们去凹山湖听月亮

那月亮从采场上空来
没有了小桥流水的婉转
开山炮似阵阵春雷
星辰的队伍打马而过
每一片月光　都是疆场的豪放

那月亮从地层深处来
没有了梅下抚琴的清冷
山上红旗漫卷
隔着夜色　都能摸到沸腾的铁水
在胸腔中滚烫

曾经　每一块矿石都是地层之火

冶炼成最浓烈的岩浆
凹山湖　不是火山爆发后的宁静
而是月光与自然的亲吻
钢铁与诗歌的亲吻

在钢城　想听一首诗歌的力量
与风一起
我们去凹山湖听月亮

钢铁交响

第五辑

向五星红旗行注目礼

在这个蓝色的星球
从来没有一面旗帜像今天那样
让我的热泪噙满眼眶
让我的心脏剧烈跳动
让我能够与十四亿同胞一起
挺起胸膛
向五星红旗行注目礼

这是二〇二〇年的十月一日
我在一座百年矿山
目睹一列列满载铁精矿的长龙
向远处钢铁的炉膛奔驰
一丛小野菊盛开在铁轨边
莹露在花瓣上闪烁
车轮在乐声中铿锵
汗水中的诗与远方张开双臂
这一天
平凡的劳动者成为主角
与祖国同框
与时代奋进

与九百六十万平方公里的土地同频共振
共同聆听共和国最雄浑的交响

向五星红旗行注目礼
七十五年的波澜壮阔
七十五年的苦难辉煌
一面旗帜　承载着太多太多
从屈原的《天问》到岳飞的《满江红》
从圆明园的一片废墟到孙中山的建国方略
从卢沟桥的黑夜到西柏坡的黎明
从井冈山的星星之火到中华民族的伟大复兴
我饱经沧桑的祖国
我不屈不挠的祖国
我浴火重生的祖国啊
这面鲜艳的旗帜在天安门广场诞生
在人民英雄纪念碑诞生
从那一天开始
这面鲜艳的旗帜总是高高飘扬
我们的热血总有红色的基因
不懈奋斗是对人民诚挚的引领
创造辉煌是对历史最好的纪念
风从东方吹来
我能看见平静的珠江大潮奔涌
改革开放　再展宏图
不忘初心　彰显担当

“一带一路”的中国格局
让全世界的目光齐刷刷转向东方
你看　八百里皖江千帆竞发
融入长三角　经济一体化
大步向前的我们走进了新时代
向五星红旗行注目礼
向土地般的母亲行注目礼
向母亲般的土地行注目礼
在这庄严而神圣的一刻
美丽中国　层林尽染
百年矿山　天蓝云白

我与矿石相伴一生
从地层深处到机械采掘
从汗水打磨到冶炼成钢
我能触摸到它们滚烫的温度
我能听懂它们最美的语言
——今天　就让我成为一块奔跑着的矿石吧
怀揣钢铁英雄的铮铮誓言
带着钢铁报国的赤子情怀
在祖国的炉膛
我愿意　熊熊燃烧！

钢铁的歌唱

十月　矿石在炉火里淬炼成钢铁
它们被轧制成青年的样子
以热血的姿态　奔赴祖国各地
接受山川与海洋　阳光与大地的检阅
以钢铁的姿态　站成钢铁的样子
以钢铁的意志　成为钢铁的汉子
就要迎接更大的考验
一块钢铁　与另一块钢铁
肩并肩　成为最好的兄弟

流过一样的汗水　冶炼一样的炉膛
雄壮的报国之志　在蔚蓝的天空翱翔

在十月　年轻的钢铁意气风发
一块钢铁注目另一块钢铁
他们的内心　金属般明亮

那一天　钢铁的人们会聚成同一个版图
铁流滚滚　誓言铮铮
钢铁的歌声回荡在共和国的脊梁

我带女儿听钢铁

在一部钢铁长卷里
我知道一座城市与钢铁割舍不断的
不只是久远的情愫
还有与生俱来的　血缘
在花团锦簇的钢铁丛林
我带女儿听钢铁

因矿有钢　因钢设市
“马鞍山条件很好
可以发展成为中型钢铁联合企业”——
一代伟人毛泽东健步登上“马钢”9号高炉
用一句铿锵的话语
点燃一个时代的激情
所有关于钢铁的故事
便有了烈火般的色彩　和
英雄般的传奇

这一刻　我所能做的
就是屏住呼吸
我要女儿聆听那个年代的每一个句读

怀着一颗崇敬的心
我要女儿直至听到钢铁的心跳
澎湃在祖国的每一寸土地

从蓝天到大海　从山脉到平原
从钢铁立国钢铁强国再到钢铁报国
我东方风来春潮涌动的祖国
就从一座城市的钢铁故事
说起……
伫立在一座城市钢铁的胸膛
我们静静地聆听
听一轮喷薄而出的朝阳
听一腔熊熊燃烧的炉火

“00后”的女儿
出生在这座钢铁的城市
如同钢铁也是共和国的孩子
在灿烂的阳光下
一粒粒火种如此生动

祖国，请听一块矿石的朗诵

我来自地层深处
来自大地熔岩激情的燃烧
我来自祖国的怀抱
是祖国母亲的一声呼唤
让我的生命赋予了崇高
我有山的远　水的阔
我有光的亮　火的热
流淌的血脉是烈焰奔腾
不屈的灵魂是钢铁的骨头
——祖国　请听一块矿石的朗诵

在采场　我与矿工是亲近的兄弟
一样的汗水挥洒灼热的梦想
一样的拼搏把智慧的明天创造
在产线　我与绿色一块奔跑
铿锵的脚步是矿山沸腾的音符
轰鸣的协奏曲是矿歌响入云霄

我是一块小小的矿石
我感恩每一条山川湖泊

我感恩每一刻的日月星辰
我感恩秋天的果实　春天的花朵
感恩所有为钢铁事业奔忙的人们
那些久远了的矿工号子
爷爷的元宝车　父亲的柳条帽
漫卷的红旗　如烟的人潮
在纵横130年的钢铁长卷里
他们闪着熠熠的光辉
带着他们的嘱托　我从一块矿石
浴火重生冶炼成铁
千锤百炼锻造成钢
带着他们的嘱托　我与我的矿山
在宝武大家庭沐浴着高质量发展
东方风来　春潮涌动
一条大江　万古奔流
——祖国　请听一块矿石的朗诵

我为祖国朗诵　以一块矿石的名义
为黄浦江上的每一朵浪花
为吴淞口的每一艘巨轮
为长三角驶出的一列列高铁
为宝武大厦上空飞过的群群白鸽
我为祖国朗诵　以一块矿石的名义
为“一带一路”的巨幅壁画
为小康中国的宏伟蓝图

为钢铁报国、制造强国的初心使命
为民族复兴的伟大梦想引领全球
——祖国　请听一块矿石的朗诵

百里矿区　我与祖国一起律动
我是在五星红旗迎风飘扬的早晨为你朗诵的
我是在胜利歌声多么响亮的阳光下为你朗诵的
我是在风吹稻花香两岸的歌声里为你朗诵的
在月光笼罩的矿城
在白雪皑皑的采场
在禾苗抽穗的希望田野
在冰雪消融的美丽春天
在万紫千红的九百六十万平方公里的土地
在建设有中国特色的社会主义新时代
看大潮激荡
看镰刀、铁锤奏响的洪钟大吕
汇聚成势不可挡的钢铁洪流
——祖国　请听一块矿石的朗诵

联合、整合、融合
生态矿山花团锦簇色彩缤纷
创业、创新、创造
绿色发展还马钢家园白云蓝天
逐梦唯笃行　奋进正当时
好风凭借力　送我去远行

——今天的我们　用一块矿石淬炼青春

用一块矿石点燃炉火

用一块矿石铸就品质

用一块矿石赓续火种

祖国啊　我们是你优秀的矿山儿女

请听我们的朗诵！

向山之巅

一

地球上有无数的山峦
有的高耸峻险　有的明秀连绵
世界上有众多的家园
有的以山来命名　有的以水为标识
每一个名字的背后　是历史是故事
是世道人心　是沧海桑田……

马鞍山　一个平凡的名字
却连着一座非凡的城市
因为她的名字叫作诗的城
从历史的尘烟中走来
在共和国的脚步中苏醒
从长江的涛声中走来
在时代的洪流中成长
因为有一条江叫作人民的江
那是一条怎样的江啊
源头雪山安宁滔滔奔流到海
上下五千年卷起千堆雪

迤逦九万里激起万重浪
那是一条深情的江啊
天门中断处　碧水此回还
环抱江东大地　哺育两岸儿女
那是一条浪漫的江啊
文明结穴处　诗性此秘藏
曾经　一个个无闻的山岭静卧江畔
那是马鞍山、向山、凹山……
而今　一个个闪光的所在激荡大江的血脉
那是慈湖河、采石河、雨山湖……

当瞬间的回眸化成深深的记忆
就让一轮圆月铭刻在采石矶
就让一部线装的长卷伴随诗仙的长眠
昨天你有着流光千载的传奇
今天你留下风云际会英雄的足迹

那青的山、绿的水、蓝的天、白的云
世世代代的人们都在读
李白读　李清照读　李之仪读
林散之读　郭沫若读　江东子弟读
读你的连绵起伏　读你的烟波浩渺
读你的山河锦绣　读你的源远流长
读你的“建康锁钥　金陵屏障”
读你的“九峰环一湖”“翠螺出大江”

读你的“江东第一城”“江南一枝花”
五湖四海的人们都奔赴这里
在这里扎根　又在这里启程
把一个叫金家庄的小村
建成了一座现代化的新城
把一个叫“马钢”的企业
打造成共和国钢铁的脊梁
大江流日夜　刻刻在心上
如同母亲的乳汁
养育了女儿美　男儿壮
养育了“诗的城”与“钢的花”
养育了遍地风流和世纪繁华

二

山林之巅　云水连天
高岸为谷　深谷为陵
是什么样的造化神工　让山顶化为平湖
不　是人民的汗水浇铸人间奇迹
让山顶的湖水藏下一座无形的丰碑
每一步向下的挖掘
都是精神向上的抬升

看啊　那磅礴的日出
映现在凹山的湖水之上

看啊　落霞伴众鸟齐飞
惊艳山河岁月的脸庞
从一座高山到一座湖泊
从漫天的扬尘到湖光山色
向山之巅　一汪湖水
是谁落下的一方蓝手帕
把大地的容颜擦洗
是谁栽出一枚巨大蓝莲花
纯净于江南烟雨的半空
是谁打开一面蓝色魔镜
收藏流连忘返的朵朵五彩云
是谁把一个微缩的蓝色星空搬进人间
那一颗颗闪亮的星啊
是人们火热跳动的心

清辉映翠　彩云来仪
疏影婆娑　远山陶醉
浓浓的春光唤醒满目芳菲
在山与水的画卷里
在云与雨的氤氲中
古老的土地与年轻的城市在此交汇
厚重的历史和璀璨的文化在此交汇
交汇！安徽的“杭嘉湖”在此波澜壮阔
交汇！长三角的“白菜心”从此意气风发
交汇！伟大的时代发出奋斗的召唤

交汇！优秀的儿女扛起责任扛起担当

三

站在静静的凹山湖畔
去追溯一座城市的源头
就会找到金色的炉台
顺着长长的铁轨
就能找见一个民族的沧桑、挣扎与抵抗
当我们伟大的祖国
把这座百废待兴的矿山交给了人民
就会找到柳条帽、丁字镐、五齿耙
和一座矿山的灵魂
就会找到矿山雕塑里的“四条汉子”
是他们掌钎抡锤　以最原始的姿势
炸响凹山揭顶的第一炮
或许　正是他们的基因
让一座百年矿山有了崭新的开始
和蝶变的未来

时间并不久远　脚步依然铿锵
从一帧帧发黄的照片上
我依然可以触摸到滚烫的温度
钢与火交织的激情年代历历在目
“全市人民齐动员　千军万马战凹山”的震天口号

依然在耳
燃烧的年华是青春火红的模样
矿工古铜色的脸庞把自信漾满
在这里会战的全市人民
为这座城市的历史
雕刻出一张张坚毅的脸庞
浇铸了一座座钢铁的雕像

缘矿而起　因钢而兴
年轻的共和国为经济发展擘画布局
“马鞍山条件很好
可以发展成为中型钢铁联合企业”
伟大领袖毛主席健步登上“马钢”9号高炉
簇拥的人群汇聚成汹涌的浪潮
熊熊的炉火喷涌出欢呼的口号
那一刻　旗帜在挥舞
钢铁在沸腾
信念在燃烧
以至于多少年　多少年过后
这红色的记忆
依然是我们生命中的　一盏灯

不忘来时路　方知向何行
共和国的缔造者们情系马鞍山
第一个国产轮箍　第一个整体车轮……

沿着新中国飞速发展的快车道
“马钢”的列车滚滚向前
多少年　多少年以来
伟人们说过的话　走过的路　哼过的歌
握过的铁锤和镰刀
都是我们所要追寻的
一种走向　一种境界和一种崇高
当红色的基因
深深地注入我们的血液
一座城市光辉的历程由此开启
一座高炉承载的熔融的
“自力更生　艰苦奋斗”的砥砺精神
星火般在中国燎原

四

时光再次穿越
让我们走进“凹山大会战”时光的隧道
“全市保马钢　马钢带全市”
“全市人民总动员　千军万马战凹山
年半拿下五百万　定叫马钢快翻番”
——难忘体育场五万多人的誓师大会
无数面红旗迎风招展
一排排采掘设备整装待发
一面面战鼓擂响天际

一声声口号冲向云霄
走　到凹山去
走　到矿石身边去
走　到祖国最需要的地方去

你们结棚为营　你们风餐露宿
你们筚路蓝缕　你们壮志豪情
爱与心在这里燃烧
热和血在这里奔涌
漫卷的红旗　鼎沸的人声
你们的脊背不会弯曲
你们的骨头永远年轻
一车车铁矿石不可阻挡地奔向高炉
一个个挺立的胸膛支撑起共和国的钢铁大厦
三次全市规模的万人大会战
凹山　不再仅仅是一座矿山
不仅仅是一张蓝图
而是源源不断的精神矿藏
是一代又一代建设者进取的力量
是马鞍山创业史和奋斗史的骄傲与辉煌！

五

每一个时代都有不同的英雄
中国工人　中国工人！

这一沉甸甸的称呼蕴含着多少情怀
产业报国　担当使命
多少个“铁人精神”的壮举
让远去的身影有了定格
让一个个已经模糊了的记忆
复又清晰

——“张铁人”张宪忠　共产党员、冶金部劳模
连续多月的日夜顶班
你便血不止　你不下山
你用厚厚的纸张垫在身下
任凭血液流淌
“一个连命也不要的人　只要凹山的产量”
积劳成疾　你过早地走了
没有人说你狠心
为了实现目标　采场就是战场
——“老班长”杨道通
吃住采场三个月
过度劳累谢了顶　你不下山
保证机器不故障　铲车就是你的家
——“老黄牛”吴志忠　矿山生产需要水
你穿潜水服
为修阀门跳进长江
两个小时紧张作业　两个小时氧气耗尽
人一出水脸色青紫

话未出口大口咯血
——“铁姑娘”女子爆破班
面对炸药、雷管、导火索
挑选爆破点　丝毫不惧怕
乱石堆中你们手拉肩扛
用柔弱向死神挑战
在硝烟弥漫的采场爆破中
书写新中国矿业史女子爆破的“最神话”……

这就是“凹山大会战”——
一幕幕气吞山河的英雄壮举
让每一个日子感天动地
让每一个故事催人泪下
让诞生在这片土地上的每一首诗
都有钢的骨头和铁的脊梁
这就是“凹山大会战”——
祖国利益高于一切
奋斗时代激情满怀
皖江八百里　惊雷入云霄
一代人的热血奉献
注定了一座城市的生命和未来
你创造的奇迹是丰碑　更是希望
你是“聚山纳川　一马当先”的最先火种
你是马鞍山实现一个个新跨越的最初的摇篮
这就是“凹山大会战”——

你是中国工人的精神底色
你是钢铁报国的丰厚滋养
你是民族复兴的壮丽画卷
你是城市砥砺前行的价值导向
你是共产党人精神的一脉相承
你是不忘初心的赓续发展
从海拔180米的山峰　到负215米的湖泊
凹山为马钢贡献了两亿多吨铁矿
让伟大的祖国
从此有了钢铁的重量和飞翔的翅膀

凹下去的是一座山
挺起来的是一道梁
高高屹立的是祖国召唤人民的情怀
是一个民族自强不息的光芒和力量
——“马钢骏蹄奔日月
南山当记第一功”！
六十多年　“华东第一矿”名垂共和国史册
钢铁大矿的风采奏响时代的华章！

六

历史　总有惊人的相似
二〇二〇年八月十九日
习近平总书记健步来到“马钢”

水清岸绿　秋高气爽
我能看见江水和心跳在加快节奏
此刻　八百里皖江浪花拍岸
此刻　薛家洼的上空掠过一群白鸽
一艘钢铁的巨轮正开足马力
在驶向大洋的征途中
鸣响汽笛
此刻　烈焰与诗歌
正在八月的诗城绽放
这火红的画面　成为不可忘却的记忆
如同激荡的江水
在新时代的中国
掀开长江经济带高质量发展
掀开绿色中国光辉的画卷
钢铁的人们　奋斗的人们
用诗的理想为劳动歌唱　为创造歌唱
为长江歌唱　为人民歌唱
为接续奋斗的明天歌唱

我的“马钢”　我的马鞍山　我的万里长江
就这样走进总书记的目光
在大江奔流中
我听见了总书记谆谆的话语——
“把握机遇　顺势而上
为长三角一体化发展做出自己的贡献”

光荣与梦想
与一部通红的钢铁史诗
站在了“十四五”崭新的起点
这一天　所有为钢铁为城市奋斗过的人们
一样眼含热泪
一样屏住呼吸
在总书记健步来到“马钢”的那一刻
我钢铁的骨骼
变得重新年轻

七

从污水横流的“小渔村”
到生态模板的“薛家洼”
马鞍山擦亮了“蓝天保卫战”
“长江保卫战”凯歌飞扬
聚山　也纳川
奋楫　更笃行
马鞍山　把目光转向她的孕育地向山

慈湖河从这里起源
采石河从这里起源
激励一代又一代人的精神高原
从这里起源
向山老了　沟壑纵横

向山老了 水体混浊
那里苍山低头 河流垂泪
多少年粗放开采 资源濒临枯竭
多少年无序开采 环境遭到破坏
掏空的山体在呜咽
流失的水土在呜咽
毁坏的植被与受伤的精灵
找不到回家的路
看不见碧蓝的天

“加速城市绿色转型 整治向山生态环境
修复向山生态伤疤 拓展城市发展空间”
行动起来 为壮大主导产业做强钢铁产业会战
行动起来 为建设产业集群加快智能制造会战
行动起来 为强化科技创新培育更新动能会战
为坚持生态优先发展绿色产业会战
为加快建设新阶段现代化“生态福地、智造名城”
促进经济高质量发展会战！
“十四五”规划纲要的一号工程目标明确
新时代弘扬“凹山大会战”精神号角铿锵
全国各地的专家学者齐聚向山
转型发展论坛聚焦向山
攀越高峰的新坐标聚焦向山
一个全球资源型城市生态修复的中国方案
跃然纸上

在我们眼前熠熠闪光

生态修复、水环境治理、土地整治
绿色低碳循环、编制规划、产业转型
全市动员大会接踵而至
新时代“向山大会战”应运而生势不可挡
这催人奋进的一声声战鼓
在大山深处回响
在采场深处回响
在每一个向山人心灵的深处　久久回响

“绿水青山就是金山银山”
举全市之力强力推进
如利剑出鞘重拳出击
八家采矿企业、二十家高污染小型选厂彻底拆除
八个尾矿库顺利闭库　七个棚改项目稳步推进
十二个采矿宕口复绿复垦
恢复造林六千多亩……
市委、市政府“双指挥长”站在了最前方
大力度砸向一个个“痼疾”
大范围揭开民生的短板
大规模补齐环境欠账
大手笔剪裁向山的春天

对标“杭嘉湖”　打造“白菜心”

站在历史的新起点
马鞍山　把打造新向山与新发展理念对标
与新发展格局对标
与“两山”理论的新样板对标
与绿色发展的新要求对标
传承“党建红”　共创“复垦绿”
一批批党员和志愿者护坡护绿
政企携手　高效协同
客土回填、播撒草籽、种树育苗……
我们把一道道色彩还归自然
我们把一朵朵白云交给蓝天
我们把一池池碧水还归大地
我们把一声声鸟鸣还归山林
我们把锦绣山河
交给向山　还给人民！

“人不负青山　青山定不负人”
矿山之变变在思想
生态之变变在观念
废弃矿山“包袱”变为财富
生态修复让“天堑”成为通途
从“生态伤疤”到“城市花园”
从回应关切到回归民心
决策者擘画蓝图
建设者挥洒汗水

所有参加大会战的人们啊
为一号工程的赶考
递交了一份最优秀的答卷！

八

这片盛产矿石的土地
也盛产火辣辣的阳光
太阳底下　我们在与炙热的夏天较劲
与寸草不生的边坡较劲
没有了矿石的土地瘦骨嶙峋
我们要把山下的塘泥带到山顶
我们要让新植的玫瑰吐出新蕊
让种子在荒地重新发芽
直至开出青春的花朵　结出甜甜的果实

戴上草帽　挽起裤腿　全身泥水
可别以为我们就是农民
刚刚完成六千伏电网系统的集中控制
电力远程运维实现“四个一律”
首开全国冶金矿山电网集控先河后
我们从控制台　从设计室　从厂房的某处角落
从智慧制造中的深处走出来
去和生态治理来一场陌生的约会

生疏并不可怕　距离并不可怕
矿石要与炉火冶炼
电网要同智慧考验
理想与青春　汗水与奉献
更要经得起最难最苦和最累的磨砺
尽管　发酵的塘泥味道刺鼻
尽管　肆虐的蚊虫让皮肤奇痒无比
我们的脸庞总是跳跃着热情

我们在塘泥覆盖的边坡种上小树
我们在客土回填的荒山播下草籽
我们在高温下浇水灌溉
我们在唤醒了的土地上　书写青春和责任
让漫山遍野开出鲜花
让片片树林伸出枝叶
我们让这座百年矿山　重新拥有新的活力

我看见劳动的人群中　一位年轻的女工在喝水
被阳光晒红了的脸
是夏日熟透了的果实
山坡上最美的花　是写给夏日的诗行
我看见她的眼眸清澈见底
静静的湖水清澈见底
劳动的工装　是写给蓝天的蓝
我想象她亲手种下的小树

一定会听得到春的歌唱
看得懂风的舞蹈
在“向山大会战”的每一个节点
这样的剪影　绝不是一种简单的巧合
我知道所有制造光和热的人
都会把绿和美传播

九

一条大河蜿蜒东去浪花奔腾
一座城市被诗歌点亮被蓝天眷恋
站在静静的凹山湖畔
我看见晨风吹过片片树林
看见阳光照在宁静的湖心
我看见苇花如雪　看见草木含情
看见花儿朵朵　在向山的客厅眨着眼睛
我看见年轻的母亲推着婴儿车
在凹山地质公园徜徉
看见远方飞来的一群白鸽
落在大型采掘设备展示的广场

这些电机车、运矿车、铲运机、牙轮钻
多像一个个银发的老矿工
我熟悉你们伟岸的背影
熟悉你们亲切的笑容

你们与矿石打了一辈子交道
你们把自己也磨成了一块块矿石
甚至　不用冶炼
你们也有矿石的硬度　采场的情怀
也有炉火的热烈　和
钢铁的性格

轮椅上的您是冶金部劳模吴仲义
女儿推您来凹山
您是穿孔机的班长
带十八个工友住会战的大草房
十八条汉子一个礼拜下一次山
穿孔机打下去的是钻眼
带上来的是泥浆
18位兄弟裹在泥浆里看不见
只看见穿孔小组的台班进尺
只看见一摞摞穿孔记录沾满泥水
在全国冶金系统遥遥领先
江苏、山东、海南、湖北
您带的徒弟天南地北
“省劳模都出七八位了”
可您从来不庇护自家五个子女
坚决让她们自己找饭碗
女儿说没有好饭碗　她们不怪您
您亮亮堂堂健健康康就行

凹山不老　您也不老
可您的一句“这么过着过着就老了”
总是让她热泪盈眶
陪您一起看凹山
女儿多希望　您在风里变得年轻

累了一辈子　终于可以坐下来
我的那些年迈的“父亲”
总喜欢来凹山地质文化公园
与“三棵树”的元宝枫、山桐子和杜仲交谈
与艺术化的城市新地标交谈
与春天的阳光交谈
与公园里的每一位游客交谈
你们摸爬滚打的地方
开动机器的地方
已然成为绿水青山
和蓝天白云的一部分
这里　工业文明和生态文明交相辉映
从因钢设市到生态立市
昨天的历史和明天的故事一样精彩
从生态“软环境”到经济“硬实力”
从“两于一入”到“三治四化”
绿色矿山高于标准、优于城区、融入城市
生态环境在修复　土地整理在开发
人居环境在改善　基础设施在加强

产业导入在升级　绿色矿山在提升
向山　向着绿色向着太阳
向山　向着美好向着春天!

当然　在凹山地质文化公园
这些都是些小小的符号
与自然为邻　我习惯了听布谷声声
麦浪翻滚和矿石的心跳
油菜花田的通廊
向日葵边的厂房
还有蓬勃生长的野菊花
悄悄攀缘的牵牛花
它们与一块块普通的矿石一样
与这片土地上的我们
和谐共生　共享
绿色的空间和时光的美妙

而现在　网红的花草叽叽喳喳
打卡的小鸟飞来飞去
年轻的母亲　正为孩子的笑靥摁下快门
这慢生活的画面
让一切都慢了下来
我可以从容地思想　从容地生活
一杯淡淡的咖啡
被一座慢城　和慢城下的我们

品得有滋有味……

十

一块块褐色的矿石　来自泥土的深处
一列列黑色的矿车　把火种带向远方
一抔抔黄色的沙土　把崎岖的岁月掩藏
一条条绿色的长廊　是城乡融合的彩带
一面面红色的旗帜　在向山之巅高高飘扬
一尊尊古铜色的身躯　把“国之大者”扛在肩上
这五彩的颜色是我们城市的底色
这五彩路是通往幸福的路
从金家庄幸福路上伟人留下的脚印
到长江边薛家洼旁伟人发出的强音
“人民保护长江　长江造福人民”
从改革开放到生态文明
时光流淌
中间延续的是城市的荣光
山河变迁
永远不变的是城市的精神

今天　新的文化提升新的自信
今天　新的理念催生新的布局
今天　新的大潮助推新的变革
今天　新的时代引领新的航程

彩色的铁轨伸向远方
带走旧时光、旧天桥、老站台
彩色的希望向我们走来
带来缤纷的时代和壮丽的未来

今天　我们与彩色的铁轨赛跑
我们与奋进的时代赛跑
我们与每一个撸起袖子加油干的日子赛跑
你看　一座城市意气风发
我们在五星红旗迎风飘扬的早晨赛跑
我们在胜利歌声多么响亮的红旗下赛跑
我们在一条大河波浪宽的诗句中赛跑
我们在一半是山水一半是诗歌的万紫千红的土地上赛跑
在“天门中断楚江开　碧水东流至此回”的壮美山河中赛跑
在“大江流日夜　慷慨歌未央”两个一百年的交汇点赛跑
我们在镰刀、铁锤奏响的洪钟大吕中赛跑
我们挥舞着一条条彩练
在大江两岸舞动着光　舞动着美　舞动着韵

十一

回望大美向山

那是马鞍山迈出的崭新步伐
沉思凹山精神
那是马鞍山精神的不息源泉
凹山　向山　马鞍山
一样的传承　一样的文化
一样的基因　一样的血脉
一样的精神在高山之巅永远流淌

春暖花开的日子
我　一位钢铁工人再次来到长江之滨
掬一捧长江之水感慨万千
在城市的客厅
我遇见阳光　遇见生命　遇见蓝天
我们欢呼　我们雀跃　我们奔跑
一切都在以诗歌的方式打开
一切都在历史的长河中巨变

红旗挥舞处
一条山河旖旎、姹紫嫣红的长江经济带
正在抒写锦绣篇章！